L'AMOUREUX TRANSI

OPÉRA-COMIQUE EN UN ACTE.

PAROLES DE PAUL GAUDIN

Musique de Léon Méneau

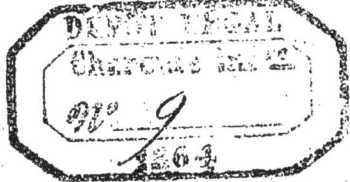

LA ROCHELLE

Typ. Th. Drouineau et Cie, rue Grosse-Horloge, 6.

1864

L'AMOUREUX TRANSI

L'AMOUREUX TRANSI

OPÉRA-COMIQUE EN UN ACTE.

PAROLES DE PAUL GAUDIN

Musique de Léon Méneau

LA ROCHELLE

Typ. Th. Drouineau et Cie, rue Grosse-Horloge, 6.

——

1864

DISTRIBUTION DE LA PIÈCE

MARGUERITE, jardinière. . . . . . SOPRANO.

JEAN-CLAUDE, son valet . . . . . TÉNOR.

BELLE-ROSE, sergent recruteur. . BASSE.

LA VALEUR, grenadier . . . . . . TRIAL.

SOLDATS, PAYSANS.

Le Théâtre représente un jardin. A gauche, l'entrée de la cave. La maison à droite. Au fond, une grille donnant sur la route. Une table et des bancs à droite, sur le devant de la scène.

L'AMOUREUX TRANSI,

Opéra-comique en un acte.

SCÈNE Ire.

—

JEAN-CLAUDE, seul.

(Il cueille des fleurs.) — Allons! cette rose au milieu, et hâtons-nous. Voilà que le soleil monte; sa fenêtre va bientôt s'ouvrir. Chère Marguerite, si elle savait!... On dirait parfois qu'elle me devine; cela me fait peur d'y penser. Je vous aime: c'est pourtant bien simple. Jamais je n'oserai dire cela. (Il regarde son bouquet.) — Bon! encore une rose, et c'est fini.

(Au moment où il va placer l'échelle contre le mur, pour poser son bouquet sur la fen'tre de Marguerite, Belle-Rose paraît à la grille.)

JEAN-CLAUDE.

Quelqu'un! (Il cache son bouquet.)

SCÈNE II.

—

Jean-Claude, Belle-Rose, La Valeur, Soldats.

—

BELLE-ROSE.

Madame Marguerite, s'il vous plaît ?

JEAN-CLAUDE.

Je suis son valet ; que demandez-vous ?

BELLE-ROSE.

Du vin et des verres.

JEAN-CLAUDE.

Ce n'est point ici un cabaret.

BELLE-ROSE.

Nous le savons. Je viens chercher des recrues dans votre contrée, et l'on m'a désigné cette demeure pour y faire reposer mes hommes.

JEAN-CLAUDE.

(A part.) Grand merci du cadeau. — (Ouvrant la porte de la maison.) Entrez, messieurs.

BELLE-ROSE.

Non. Donne-nous à boire dans ce jardin. Voici de quoi s'asseoir, et nous y serons plus au frais... J'aime la belle nature.

JEAN-CLAUDE.

Allons ! pas de bouquet pour aujourd'hui.
(Il descend à la cave.)

LA VALEUR.

Ohé ! vous autres. On va s'humecter. (Les soldats entrent.)

CHŒUR.

La nuit, le jour,
Montant la garde,
Traitant l'amour
A la hussarde,
La pipe au bec,
Et buvant sec,
Heureux, contents comme des rois :
Voilà le régiment d'Artois.

(Pendant ce chœur, les soldats s'emparent du bouquet de Jean-Claude et s'en partagent les fleurs.)

BELLE-ROSE.

(Aux soldats qui lui présentent une rose.) Merci ! — (Il la met à sa boutonnière.)

JEAN-CLAUDE, (remontant avec des bouteilles.)

Mon bouquet ! Changement de destination. C'est le pillage qui commence. (Il pose les bouteilles sur la table ; les soldats s'asseoient.)

BELLE-ROSE.

Ouf ! il fait sec en diable, ce matin. — (Il boit.) Et voilà un petit vin qui altère.

JEAN-CLAUDE, debout.

Vous trouvez ?

BELLE-ROSE.

Comment t'appelles-tu, toi ?

JEAN-CLAUDE.

Jean-Claude, pour vous servir.

BELLE-ROSE.

On dit ta maîtresse jolie ?

JEAN-CLAUDE.

Qu'importe ?

BELLE-ROSE.

Hé ! hé ! jolie, et veuve par-dessus le marché.

JEAN-CLAUDE.

Madame Marguerite n'aime pas tous ces bavardages.

BELLE-ROSE.

Oh ! oh ! voilà qui est grave : c'est une vertu. On dit pourtant que dans les fleurs... Elle est jardinière, n'est-ce pas ?

JEAN-CLAUDE.

Mais, sergent,....

BELLE-ROSE.

Dans les fleurs, on n'est pas toujours bien sévère: vos bouquets coûtent cher au galant, plus cher au mari; nous connaissons ça.

JEAN-CLAUDE.

Ceux qui vous ont causé de madame Marguerite n'ont pu vous en dire que du bien. Tout le monde sait, chez nous, que c'est la plus sage... la plus belle...

BELLE-ROSE.

Tiens, tiens, tiens! Tu es amoureux, toi, mon camarade. Allons, suffit; rengaîne ta colère : ta maîtresse est jolie, et son vin est bon.

JEAN-CLAUDE.

COUPLETS.

1.

Partout l'on aime, en ce pays,
La maîtresse de ce logis ;
Et, tout le long de votre route,
Jusqu'au seuil de notre maison,
Chacun vous répétait sans doute ,
Comme un gai refrain de chanson :
Marguerite la jardinière
     Est fière
Des fleurs qu'on lui vient acheter ;
Mais dans son jardin la plus belle,
     C'est elle ,
Qui n'a pas l'air de s'en douter.

2.

Jeune épouse d'un vieil époux,
C'était son trésor le plus doux ,
De son vieux cœur c'était la fête ,
C'était l'honneur de sa maison ;
Voilà pourquoi chacun répète,
Comme un gai refrain de chanson :
Marguerite la jardinière
     Est fière
Des fleurs qu'on lui vient acheter ;
Mais dans son jardin la plus belle,
     C'est elle,
Qui n'a pas l'air de s'en douter.

(Parlé.) Voila ce qu'on dit chez nos voisins !

BELLE-ROSE.

Et l'on ajoute qu'elle est bonne autant que

belle, qu'elle est la providence des pauvres. Es-tu satisfait, monsieur l'amoureux ?...

JEAN-CLAUDE.

Je ne suis pas amoureux.

BELLE-ROSE.

Que, depuis la mort de son bonhomme de ma-ri, qui, par parenthèse, lui a laissé de beaux écus, plus d'un épouseur soupire après elle. Mais les épouseurs en seront pour leurs frais, si j'en crois le chaud dévoûment d'un jeune garçon qu'on appelle Jean-Claude....

JEAN-CLAUDE.

Vous vous trompez, sergent ; ceux qui vous ont si bien instruit auraient pu vous dire la cause...

BELLE-ROSE.

Lequel Jean-Claude, pauvre orphelin, re-cueilli, dit-on, à l'âge de onze ans, par l'excel-lent époux de la belle..., — tu vois qu'on a pris ses renseignements..., — a grandi en sagesse et en tendresse devant les beaux yeux de sa protec-trice, et n'attend plus qu'une bonne occasion... Est-ce cela ? (Jean-Claude fait un signe négatif.) — Mais, assez causé ; nous ne sommes pas ici pour rire. — (Au public.) Le sergent Belle-Rose, raccoleur au service de la France, pourvoyeur ordinaire du régiment d'Artois, travaille sur place, enivre son homme, le fascine, l'éblouit, et crac ! la signature ! Enfoncé, l'imbécile ! — (Aux soldats.) Allons ! vous autres, en avant la bouteille ; buvez, enfants, et m'attendez à l'ombre. Par ici, tambour. — (A Jean-Claude.) Et toi, préviens ta maîtresse que je vais bientôt revenir avec mes recrues du village. — (Il sort.)

JEAN-CLAUDE.

C'est cela ! ils s'installent. Les voilà maîtres chez nous. Je cours avertir madame Marguerite.
(Il rentre dans la maison.)

SCÈNE III.

—

La Valeur, Soldats, puis Jean-Claude.

—

LA VALEUR.

(Il vide les bouteilles jusqu'à la dernière goutte.) Hum ! J'ai, comme qui dirait, le gosier sec.

UN SOLDAT.

La soif m'étrangle.

LA VALEUR.

Jean-Claude !

JEAN-CLAUDE, sortant de la maison.

Plaît-il, Messieurs ?

LA VALEUR.

Du vin.

JEAN-CLAUDE.

(A part.) — Ne vous gênez pas; faites comme chez
' ous. — (Il descend à la cave.)

—

CHANSON A BOIRE, AVEC CHŒUR

—

LA VALEUR.

1

J'aime un regard de deux beaux yeux;
Mais j'aime mieux
La grappe blonde.
Le bon vin charme plus nos jours
Que les amours
En ce bas monde.

Un soldat rond
Est un luron :
Gare au tendron !
Tout a du prix
Quand on est gris;
Gare à tous les maris !

LE CHŒUR.

Rien n'est plus sain
Qu'un verre plein :
Vive le vin !
Rien n'est meilleur
Que sa liqueur,
Pour vous donner du cœur.

LA VALEUR.

2

On m'appelle Jean la Valeur,
Et mon bonheur

Est dans la gloire ;
Mais au diable sabre et mousquet,
S'il me fallait
Vaincre sans boire.

Un soldat rond
Est un lion.
Sonnez, clairon !
Tonnez fusils !
Gloire au pays !
Mort à ses ennemis !

LE CHŒUR.

Rien n'est plus sain... etc.

(Pendant cette chanson , Jean-Claude pose de nouvelles bouteilles sur la table, et rentre dans la maison.)

LA VALEUR.

(Même jeu que plus haut.) — Hum ! j'ai, comme qui redirait, le gosier sec.

UN SOLDAT.

La soif me rétrangle.

LA VALEUR.

Jean-Claude ! du vin.

JEAN-CLAUDE, paraissant.

Il n'y en a plus.

LA VALEUR.

Tu dis, manant ?

JEAN CLAUDE, s'animant.

Je dis..... Je dis : me prenez-vous pour votre valet ? Vous croyez-vous à l'auberge ? et en faut-il tant pour se rafraîchir ?

LA VALEUR, dignement.

Se rafraîchir! Jeune homme, vous blasphémez! Se rafraîchir! Apprenez que le vin n'est pas fait pour ça.

JEAN CLAUDE.

Et vous, apprenez que je suis las d'aller à la cave pour des ivrognes.— (Murmure d'indignation.)

LA VALEUR.

Silence dans les rangs ! Et toi, jeune homme, tu fais le brave à bon marché ; Belle-Rose est sévère sur l'article : huit jours d'arrêt pour rosser un pékin. Ne va donc plus à la cave, si ça te fâche... Seulement... donne-moi les clés.

JEAN-CLAUDE, menaçant.

Allez à tous les diables ! (Il va pour sortir.)

LA VALEUR, l'arrêtant.

Ne fais pas le méchant! Je comprends ça : tu crains la maîtresse; elle te guette peut-être. Voyons; je suis bon diable, et ne veux pas te faire tort. Ces messieurs vont faire semblant de te tenir.—(Les soldats se jettent sur Jean-Claude et le tiennent, tandis que La Valeur le fouille.)—Et tu pourras dire, comme qui dirait, que c'est moi qui te les ai prises. — (Il montre les clés en riant, et ouvre la cave. Jean-Claude veut se précipiter à sa suite ; un soldat garde l'entrée. Au moment où ce soldat descend à son tour, Marguerite paraît.)

SCÈNE IV.

—

Jean-Claude, Marguerite.

—

MARGUERITE, sortant de la maison.

Jean-Claude !

JEAN-CLAUDE, avec découragement.

Ah ! madame Marguerite !

MARGUERITE, inquiète.

Mon Dieu ! qu'as-tu ? Cet air agité ?... ce front pâle ?... Tu es blessé ; tu souffres ; ils t'ont battu peut-être ?...

JEAN-CLAUDE.

Ils m'ont volé mes clés. Laissez-moi descendre après eux ; ils vont piller la cave.

MARGUERITE.

N'est-ce que cela ? Laisse-les faire : ils seront pleins avant que le tonneau soit vide, et, une fois ivres, ils ronfleront ; je serai plus tranquille. Parlons de nous ; j'ai une confidence à te faire : sais-tu que je suis fâchée contre toi, Jean-Claude ?

JEAN-CLAUDE.

Contre moi, madame ! Ah mon Dieu ! qu'ai-je fait pour mériter...

MARGUERITE.

Un gros crime. Ecoute bien.

ROMANCE.

1

Chaque matin, sur ma fenêtre,
Comme un salut mystérieux,
Quand le jour commençait à naître,
Un frais bouquet charmait mes yeux.
J'aimais, dans leur robe de mousse,
Voir ces fleurs rire à mon réveil :
Quelqu'un, me disait leur voix douce,
Veille sur vous dans le sommeil.
Joli bouquet, trésor béni,
Que je mettais là... dans son nid ;
Joli bouquet, fleurs de bonheur,
Que je posais là, sur mon cœur !

2

Que de fois j'ai vu, doux mensonge !
De mon mystérieux ami
L'ombre voltiger, dans un songe,
Autour de mon front endormi !
Mais ce matin, quelle folie !
Je m'ennuie et suis triste, hélas !
Car l'amitié dort et m'oublie :
Sur ma fenêtre il n'était pas.....
Le frais bouquet, trésor béni,
Que je mettais là... dans son nid ;
Le frais bouquet, fleurs de bonheur,
Que je posais là, sur mon cœur !

JEAN-CLAUDE.

(A part.) Je ne peux pourtant pas lui dire comme
ça, tout crûment : c'est moi qui... Oh ! non. Et
ce matin, ce sont eux qui... certainement non !

MARGUERITE.

Hé bien ! qu'as-tu à me répondre ?

JEAN-CLAUDE.

Moi, madame? — (A part.) Maudite crainte ! voyons, pourquoi trembler? C'est évident : elle sait tout. Ma foi ! tant pis; je me risque. — (Haut.) Quoi ! vous sauriez... vous voudriez... vous seriez assez bonne pour...

MARGUERITE, riant.

Hé justement ! voilà ce qui te trompe : je veux être très méchante au contraire, et ne descends que pour te bien gronder. — (A part) Pauvre garçon! Le voilà bien embarrassé ! — (Haut.) C'est toi, sans nul doute, qui as chassé mon donneur de roses; je t'avais dit de faire le guet, mais d'y aller avec quelque précaution; j'étais bien aise d'éventer le mystère, sans avoir l'air d'y toucher, légèrement, délicatement, et voilà que du premier coup.... Voyons: il t'aura vu; .tu te seras montré et... — (regardant Jean-Claude et riant plus fort.) — tes grimaces l'auront effrayé. — (Jean-Claude a l'air désespéré et s'éloigne en cueillant des fleurs.) — Hier matin encore, ne t'ai-je point entendu tousser sous ma fenêtre? c'est ta présence qui l'aura fait fuir. — Mais parle donc! que fais-tu là ?

JEAN-CLAUDE.

Ce que je fais? (A part.) Ma foi tant pis ! Je me risque :

2

DUO.

JEAN-CLAUDE.

Tous les garçons du voisinage
Ont un amour.

MARGUERITE. *à part.*

Nous y voilà.

JEAN-CLAUDE.

Toutes les filles du village
Ont un galant.

MARGUERITE.

Que fais-tu là ?

JEAN-CLAUDE.

C'est un bouquet que je destine
A la plus belle du canton.

MARGUERITE.

Hé quoi ! la brunette Rosine ?

JEAN-CLAUDE.

Rosine, ce n'est pas son nom.

MARGUERITE.

C'est Germaine ?

JEAN-CLAUDE.

Non, non, non, non ;
Germaine, ce n'est pas le nom
De la plus belle du canton.

—

ENSEMBLE

JEAN-CLAUDE.

Malheureux ! tout ensemble,
Mon cœur espère et tremble ;
Que ne puis-je, ô mon Dieu !
Lui crier : c'est toi-même !
Depuis longtemps je t'aime,
Sans t'en faire l'aveu !

MARGUERITE.

A sa voix, tout ensemble,
Mon cœur espère et tremble.
Je ne puis, ô mon Dieu !
Malgré mon stratagème,
De sa frayeur extrême
Tirer le moindre aveu !

—

MARGUERITE.

J'ai deviné : c'est Madeleine,
Chez qui tu veux porter ces fleurs.

JEAN-CLAUDE.

Non pas.

MARGUERITE, *avec dépit.*

Voyez de quoi je suis en peine :
Que m'importe, après tout, chez elle ou bien ailleurs ?

JEAN-CLAUDE.

Vous vous trompez : non, non, non, non !
Madeleine n'est pas le nom
De la plus belle du canton.

—

ENSEMBLE.

JEAN-CLAUDE.

Malheureux ! tout ensemble,
Mon cœur espère et tremble... etc.

MARGUERITE.

A sa voix, tout ensemble,
Mon cœur espère et tremble... etc.

—

JEAN-CLAUDE.

Ce bouquet ? Vous voulez que je vous dise enfin
A qui je le destine : Hé bien !
C'est...

MARGUERITE.

Parle donc !

JEAN-CLAUDE.

C'est... à celle que j'aime!

(A part.) Jamais je n'oserai le donner maintenant !

MARGUERITE , *piquée*.

Quoi ! vous aimez quelqu'un , vraiment?

JEAN-CLAUDE.

Oui , je suis fou ! fou d'un amour extrême !

MARGUERITE.

(A part.) Il s'enflamme pour tout de bon !
(Haut.) Tu tiens toujours à me cacher son nom?

JEAN-CLAUDE.

C'est la plus sage, la plus belle ;
Tout mon bonheur est de l'aimer ;
Je mourrais volontiers pour elle ;
Mais je ne puis vous la nommer.

MARGUERITE.

C'est donc un grand secret?

JEAN-CLAUDE.

Oui !

MARGUERITE.

Sais-tu si l'on t'aime ?

JEAN-CLAUDE.

Elle m'aimer ! Bonté suprême !
De mon amour je n'ose lui parler.

MARGUERITE, *haussant les épaules*

Un amoureux doit-il toujours trembler?

—

ENSEMBLE.

JEAN-CLAUDE.

O supplice ! ô martyre !
Tout m'invite à lui dire :
Oui, pour toi je soupire,
Oui, toi seule me plais.
L'amour m'appelle à vivre ;
Mais, quand sa voix m'enivre,
A la peur je me livre,
Hélas ! et je me tais.

MARGUERITE.

Quand pour lui tout conspire,
Le poltron n'ose dire
Pour qui son cœur soupire ;
Il hésite, il se tait.
Quand tout l'appelle à vivre,
A la crainte il se livre,
Et rien ne me délivre
De son triste respect !

(On entend le tambour.)

MARGUERITE.

Quel est ce bruit ? écoute :
Entends-tu sur la route ?
On dirait le son du tambour.

JEAN-CLAUDE.

Oui : le sergent sans doute,
Qui s'en revient du bourg.

(Parlé.) Juste au moment où j'allais me risquer.

ENSEMBLE.

JEAN-CLAUDE.

O supplice ! ô martyre !
Tout m'invite à lui dire... etc.

MARGUERITE.

Quand pour lui tout conspire,
Le poltron n'ose dire... etc

SCÈNE V.

—

Les mêmes, Belle-Rose, Paysans.

—

BELLE-ROSE *entre en se dandinant*.

AIR.

Raccoleur,
Enjôleur,
Étonnant
Le manant
Par son air engageant,
Le sergent
Que voilà
Est l'agent
De l'État.
Et nonobstant...
Il n'en est pas plus fier pour ça.
Le métier
De guerrier
Fut toujours
Mes amours :

C'est si doux,
Voyez-vous,
Vivre au son
Du canon,
Du clairon,
Des tambours.

Raccoleur,
Enjoleur,
Étonnant
Le manant, etc.

1.

Le chapeau sur l'oreille,
Un troupier fait merveille :
Les succès
D'un Français
Se comptent par ses jours,
Et toujours...
Le chapeau sur l'oreille,
Un troupier fait merveille ;
Il marche au pas,
Dans les combats,
Comme dans les amours.

2

Il mène à la baguette
La beauté, sa conquête ;
Car partout,
Avant tout,
La discipline est là :
C'est l'état.
Il mène à la baguette
La beauté, sa conquête ;

Pourtant, morbleu !
On en voit peu
Résister à cela ! *(Il tord ses moustaches.)*

Raccoleur,
Enjôleur,
Étonnant
Le manant
Par son air engageant,
Le sergent
Que voilà
Est l'agent
De l'État,
Et nonobstant...
Il n'en est pas plus fier pour ça.

Non, pas plus fier ! — (A part.) Hé bien ! où me les
a-t-on fourrés, les autres ? — (A Marguerite.) Belle
dame... (Il salue.) — (A part.) La maîtresse du logis !
Sacrebleurr ! Soyons français. — (A Marguerite.)
Excusez la liberté... On nous a désigné cette demeure comme la plus grande du pays ; nous avons
pensé subséquemment... (A part.) Belle-Rose, mon
garçon, voilà que tu patauges. — (A Marguerite.)
J'espère donc, belle dame, que vous nous ferez
l'honneur...

MARGUERITE.

L'honneur est pour moi, monsieur le sergent ;
vous n'avez point à vous excuser.

JEAN-CLAUDE, à part.

Voyez un peu le bel honneur : comme s'il n'y
avait pas d'autres maisons que la nôtre !

MARGUERITE, à Belle-Rose.

Vos compagnons, d'ailleurs, ne me sont point étrangers. Ce sont tous braves gens, mes voisins, que j'estime. Entrez là, messieurs : on va vous servir de quoi vous rafraîchir un peu. — (A Jean-Claude.) Va, Jean-Claude.

JEAN-CLAUDE, à part.

Oui, c'est cela : Va, Jean-Claude. Que va-t-il lui dire ?

BELLE-ROSE.

(A part.) Où diable me les a-t-on fourrés ? — (A Jean-Claude.) Hé ! va donc ! — (Il le pousse et lui prend son bouquet qu'il donne à Marguerite.)

JEAN-CLAUDE.

Comment ! Encore celui-là ! — (Il veut reprendre le bouquet ; Belle-Rose le retient avec un geste ironique.)

—

TRIO.

BELLE-ROSE à *Marguerite*

Acceptez, de ma main, ce bouquet d'où s'exhale
Le parfum du Bengale,
Où fièrement s'étale,
Sur son trône enchanté,
Cette reine fleurie
De la verte prairie,
Dont vous avez le nom et la fraîche beauté.

MARGUERITE.

Merci, monsieur, de votre honnêteté.

JEAN-CLAUDE.

Elle rit, la cruelle !

BELLE-ROSE.

Elle paraît contente !

MARGUERITE.

Il est jaloux !

BELLE-ROSE.

Elle est charmante !

MARGUERITE.

Joli bouquet !

JEAN-CLAUDE.

Soldat maudit !

Qu'il est heureux d'être hardi !

—

ENSEMBLE.

MARGUERITE.

Quand mon jaloux encore
Croit, hélas ! que j'ignore
Sa tendresse, et m'honore
D'un farouche regard,
Ce militaire
Déjà croit plaire,
Et, téméraire,
Bénit déjà l'amour et le hasard.

JEAN-CLAUDE.

Lorsque cet ange ignore
Qu'en secret je l'adore,
Lorsque, timide encore,
Je tremble à son regard,

Ce militaire
Déjà sait plaire,
Et, téméraire,
Il a pour lui l'amour et le hasard.

BELLE-ROSE.

Fleurs, présent de l'aurore,
A vous je dois encore
Qu'une belle m'honore
De son plus doux regard !
Un militaire
Toujours sait plaire ;
En paix, en guerre,
Il a pour lui l'amour et le hasard !

BELLE-ROSE.

J'ai vu fleurir dans la prairie
Les marguerites au cœur d'or ;
Mais, sans mentir, la plus jolie,
C'est ici, c'est ici, qu'elle fleurit encor.

MARGUERITE.

Merci, monsieur, de la galanterie.

BELLE-ROSE.

Non, sur l'honneur, belle aux yeux doux,
On n'est pas plus charmante !

JEAN-CLAUDE.

Elle rit, la cruelle !

BELLE-ROSE.

Elle paraît contente !

JEAN-CLAUDE.

Et moi je pleure !

MARGUÉRITE.

Il est jaloux !

ENSEMBLE.

MARGUERITE.

Quand mon jaloux encore, etc.

JEAN-CLAUDE.

Lorsque cet ange ignore, etc.

BELLE-ROSE.

Fleurs, présent de l'aurore, etc.

—

BELLE-ROSE.

Maintenant, pour prix d'un bouquet
Si beau, si brillant, si coquet,
   Si digne de vous plaire,
Oserai-je vous demander,
Belle dame, de m'accorder
   Une faveur légère ?

MARGUERITE.

Parlez, monsieur, que voulez-vous ?

BELLE-ROSE.

Ce que je veux pour récompense...

JEAN-CLAUDE.

Que va-t-il dire encore ?... Ah ! je tremble d'avance.

BELLE-ROSE.

C'est quelque chose d'assez doux.

(Il s'approche pour embrasser Marguerite.)

JEAN-CLAUDE, *le tirant.*

Vous attendrez au moins, monsieur le militaire,
Qu'à ce que vous nommez une faveur légère
Madame ait consenti.

BELLE-ROSE.

De quoi nous mêlons-nous ,

Jeune homme ?

JEAN-CLAUDE , *à part*

Ah ! si j'osais me fâcher !...

BELLE-ROSE

Belle dame,

Vous connaissez le prix que de vous je réclame.

(Il s'approche encore.)

JEAN-CLAUDE , *le tirant.*

Attendez, monseigneur : elle peut refuser.

BELLE-ROSE , *embrassant Marguerite.*

Dans quel pays vois-tu qu'on refuse un baiser ?

———

ENSEMBLE .

JEAN-CLAUDE.

Ah ! c'en est trop ! quelle misère !
Puis-je, sans honte et sans colère,
Voir auprès d'elle un amoureux
Heureux ?
Non ! je suis de trop en ces lieux;
Je veux
Aller mourir loin de ses yeux.

MARGUERITE.

Que dira-t-il ? que va-t-il faire ?
Je vois la honte et la colère
Briller ensemble dans ses yeux ;
Tant mieux !
Par la jalousie, au peureux
Je veux
Arracher enfin ses aveux.

BELLE-ROSE.

Une beauté fut toujours fière
Des hommages d'un militaire,
Lorgnant d'un regard amoureux
Ses yeux ;
Mars et Vénus sont tous les deux
Au mieux,
Dans ce bas monde, comme aux cieux.

—

BELLE-ROSE.

Ce n'est pas tout.

MARGUERITE.

Parlez.

BELLE-ROSE.

Mon dieur ! la belle,
Une faveur nouvelle...

JEAN-CLAUDE.

Ah ! que va-t-il encore oser ?

BELLE-ROSE.

Il s'agit d'un autre baiser ;
Car le premier m'a mis en goût.

(Il s'approche.)

JEAN-CLAUDE, *tirant Marguerite.*

Madame,
Y songez-vous ?

MARGUERITE.

Monsieur réclame
Le prix de son bouquet ; je ne puis refuser.

JEAN-CLAUDE.

Si! si!

MARGUERITE.

Je dois payer.

(Elle tend la joue.)

JEAN-CLAUDE, la tirant.

Non, non, l'erreur est grande :
Il est payé suffisamment.

(A Belle-Rose.)

Nous regrettons sincèrement,
Mon sergent ; mais votre demande...

BELLE-ROSE, s'approchant.

Hé bien ?

JEAN-CLAUDE, le repoussant.

Elle refuse.

BELLE-ROSE, passant de l'autre côté

Allons donc, refuser !

(Il embrasse Marguerite.)

Dans quel pays vois-tu qu'on refuse un baiser ?

ENSEMBLE.

JEAN-CLAUDE.

Ah ! c'en est trop ! quelle misère ! etc.

MARGUERITE.

Que dira-t-il ? que va-t-il faire ? etc.

BELLE-ROSE.

Une beauté fut toujours fière, etc.

(Marguerite éclate de rire devant Jean-Claude consterné.)

MARGUERITE.

Va, Jean-Claude, apporte du vin à ces messieurs. (Elle rentre dans la maison.)

BELLE-ROSE, le poussant.

Hé! va donc!

(Au moment où Jean-Claude va descendre, il recule devant La Valeur, qui remonte avec un panier plein de bouteilles.)

SCÈNE VI.

—

Belle-Rose, Jean-Claude, La Valeur ivre.

—

LA VALEUR, retenant Jean-Claude.

Inutile, mon garçon. J'ai entendu mon officier ; je me suis dit : on a soif là-haut ; et me voilà, présent... toujours solide au poste. (Il chancelle.) — Buvez, mon capitaine. (Il pose des bouteilles sur la table et en offre une au sergent.)

Il est un coin dans la vallée,
Que je préfère au paradis...

(Jean-Claude entre dans la maison, porter des bouteilles aux recrues. Il en laisse quelques-unes sur la table.)

BELLE-ROSE, déposant son verre.

Silence, le numéro un! Dites-nous un peu ce que vous avez fait de nos hommes.

LA VALEUR.

Vos hommes? ils sont à bas, comme qui dirait coulés; moi, me voilà, toujours solide...—(Chantant.)
Il est un coin dans la vallée...

BELLE-ROSE.

Silence, le numéro un ! Je trouve inconséquent que vous vous permettiez d'écorcher les oreilles de votre supérieur. Regardez-vous donc, s'il vous plaît : Êtes-vous en état de chanter ?

LA VALEUR.

De quoi ? de quoi ? mon lieutenant voudrait-il insinuer que je suis dans un état... comme qui dirait... — (Jean-Claude revient.)

BELLE-ROSE.

Taisez-vous! Et, tandis que je vais faire signer ces imbéciles, tenez de votre mieux compagnie à monsieur. Grenadier La Valeur, c'est à vous que je le confie !

LA VALEUR.

Cette confiance m'honore. — (Belle-Rose sort.)

SCÈNE VII.

Jean-Claude, La Valeur.

JEAN-CLAUDE.

Maintenant, je n'ai plus qu'une chose à faire : partir le plus vite et le plus loin possible.
(Il va pour sortir.)

3

LA VALEUR, le retenant.

Jeune homme, où allons-nous, s'il vous plaît ?

JEAN-CLAUDE.

Qu'est-ce que ça vous fait à vous ?

LA VALEUR.

De quoi ? de quoi ? l'on raisonne ? Par ici, blanc-bec : c'est la consigne.

JEAN-CLAUDE.

Je me moque de votre consigne : me prenez-vous pour un de vos soudarts ?

LA VALEUR.

Voyez la belle raison. Tu serais si malheureux vraiment d'être soldat ! On porte un bel uniforme ; toutes les filles courent après vous...

JEAN-CLAUDE.

Ah ! mon Dieu ! c'est une idée, ça ! Revenir sergent ! elle m'aimerait peut-être ! Monsieur La Valeur ?

LA VALEUR.

Hé bien ! qu'est-ce ?

JEAN-CLAUDE.

Je veux m'engager ; qu'est-ce qu'il faut faire pour ça, s'il vous plaît ?

LA VALEUR lui verse à boire.

Faut boire d'abord. A ta santé !

JEAN-CLAUDE, buvant.

A la vôtre, grenadier. Et quand on a bu ?

LA VALEUR. (Même jeu.)

Quand on a bu ? on reboit. A ta santé !

JEAN-CLAUDE impatient, mais buvant toujours.

Très-bien, mon grenadier ; mais après ?

LA VALEUR. (Même jeu.)

Quoi, après ? c'est toujours la même chose.

JEAN-CLAUDE.

Vous avez l'air d'un brave homme : je peux vous conter ça. Voyez-vous, grenadier, j'ai quelque chose là. (Il se frappe le cœur.)

LA VALEUR.

Oui, comme qui dirait un poids de cent livres sur l'estomac.

JEAN-CLAUDE.

C'est bien ça ; un fier poids, allez ! je suis amoureux d'une personne, et je n'ose pas le lui dire ; je ne sais pas comment m'y prendre.

LA VALEUR.

C'est bien simple pourtant : je suppose que tu sois amoureux de madame Marguerite...

JEAN-CLAUDE, apercevant Belle-Rose.

Ah ! mon Dieu ! Taisez-vous donc.

SCÈNE VIII.

—

Les mêmes, Belle-Rose, Paysans.

—

BELLE-ROSE aux conscrits.

Et maintenant, je vous donne un quart-d'heure pour faire vos adieux à vos maîtresses. Allez.

LES CONSCRITS.

Oui, mon sergent.

(Ils sortent par la grille du fond.)

BELLE-ROSE, voyant Jean-Claude ivre.

Oh! oh! notre échanson flageole.

LA VALEUR.

La chanson espagnole? Ça va.

Il est un coin dans la vallée...

BELLE-ROSE.

Silence donc, grenadier La Valeur! Pourriez-vous nous dire un peu dans quel état vous nous avez fourré ce blanc-bec?

LA VALEUR.

Fâchez pas, capitaine. Il m'a dit: j'ai du chagrin; je lui ai dit: faut boire, et il a bu; c'est si faible! (Il fait un geste de pitié et manque de tomber.)

BELLE-ROSE.

(A part.) Du chagrin: c'est le dépit. Bravo, mon garçon! Voilà le moment d'être habile: j'emmène au diable ce nigaud ; je reviens ici, comme par hasard ; je fais ma cour ; on m'agrée,... et l'heureux Belle-Rose... — (Haut.) La Valeur !

LA VALEUR.

De quoi ? de quoi ?

BELLE-ROSE.

Allez un peu là-bas, surveiller nos hommes.

LA VALEUR.

Pas forts, les camarades ! il faudra les porter : moi, me voilà toujours solide. — (Il se dirige vers la cave.)

BELLE-ROSE, le retenant.

Non, pas par là ! — (A part.) Il ne remonterait plus.

LA VALEUR.

A votre aise, commandant. — (Il sort par la grille du fond.)

SCÈNE IX.
—

Jean-Claude, Belle-Rose.
—

BELLE-ROSE.

Hé bien ! l'ami, nous disons donc que tu as une peine au cœur. Conte-moi ça, mon garçon : ça soulage toujours de se confier à quelqu'un. Et puis, un bon conseil n'est pas de refus.

JEAN-CLAUDE, bourru.

Un bon conseil ! c'est vrai ; vous êtes aimable,
vous ; vous osez ; c'est avec quoi l'on plait aux
femmes.

BELLE-ROSE, se rengorgeant.

Flatteur !

DUO.

JEAN-CLAUDE.

COUPLETS.

1

J'adorais une belle,
Sans qu'elle en ait rien su ;
Mon amour auprès d'elle
Passait inaperçu.
Au fond de la bouteille,
Taisez-vous,
Glouglous.
En moi le vin réveille
Un souvenir bien doux !

2.

J'espérais voir par elle
Mon amour bien reçu ;
Mais, fière autant que belle,
Ses beaux yeux m'ont déçu.
Au fond de la bouteille,
Taisez-vous,
Glouglous.
En moi le vin réveille
Mille transports jaloux.

BELLE-ROSE, à part.

La belle en tient pour l'uniforme,
Au tour de l'autre maintenant.
Versons toujours : il faut que je l'endorme.

JEAN-CLAUDE.

Deux mots, s'il vous plaît, mon sergent

BELLE-ROSE.

Parle.

JEAN-CLAUDE.

L'état militaire
A pour moi du charme.

BELLE-ROSE.

Hé bien ?

JEAN-CLAUDE.

Pour s'engager comment faire ?

BELLE-ROSE.

Bon ! de lui-même il s'enferre :
Il est à moi ; je le tien.

—

ENSEMBLE·

BELLE-ROSE.

Quand on est triste, l'on s'engage :
Ça fait passer deux ou trois ans.
Et puis l'on revient au village
Après avoir fini son temps.
Moi, je trouve cette méthode
Très-commode,
Et je la donne aux amoureux
Malheureux !

JEAN-CLAUDE.

C'est dit : avec vous je m'engage :
Je veux m'exiler pour deux ans,
Et ne revoir notre village
Qu'après avoir fini mon temps.

Je reviendrai brave, à la mode;
C'est commode;
Chez vous il n'est point d'amoureu
Malheureux !

—

JEAN-CLAUDE.

A la guerre on se forme aux manières du monde.

BELLE-ROSE.

Comme moi.

JEAN-CLAUDE.

L'on devient vert galant.

BELLE-ROSE.

Comme moi !

JEAN-CLAUDE.

En tous lieux l'on subjugue et la brune et la blonde.

BELLE-ROSE.

C'est vrai.

JEAN-CLAUDE.

L'on est aimable, aimé.

BELLE-ROSE.

C'est vrai, ma foi !

—

ENSEMBLE.

BELLE-ROSE.

Quand on est triste, l'on s'engage... etc.

JEAN-CLAUDE.

C'est dit : avec vous je m'engage... etc.

JEAN-CLAUDE.

Que faut-il faire?

BELLE-ROSE.

Il faut signer
Cet acte en forme,
Où l'on promet de s'aligner
Sous l'uniforme,
Deux ou trois ans, à volonté,
Moyennant quoi, l'on est doté
D'un bon magot, pour boire à la santé
De sa chrétienne majesté,
Le roi Louis, notre seigneur et maître!

JEAN-CLAUDE.

Signer! partir loin d'elle! et pour toujours peut-être!

BELLE-ROSE, *lui versant à boire.*

Allons, encore un coup.

JEAN-CLAUDE·

Et je pourrai gagner
Les galons de sergent?

BELLE-ROSE.

Oui, tu n'as qu'à signer :
En deux ans ta fortune est faite.

JEAN-CLAUDE·

Deux ans!

BELLE-ROSE.

Et plus tard l'épaulette!

—

ENSEMBLE.

BELLE-ROSE.

Au régiment
Tout est charmant ;
Rapidement
L'épaulette s'y gagne.
C'est, je te dis,
Un paradis,
Un vrai pays,
Un pays de cocagne !

JEAN-CLAUDE.

Au régiment
Tout est charmant ;
Rapidement
L'épaulette s'y gagne.
Aussi je dis :
Adieu, pays,
Adieu, logis,
Adieu, verte campagne.

—

BELLE-ROSE.

C'est convenu : tu reviendras
Avec les galons ; signe.

JEAN-CLAUDE.

Hélas !

Partir loin d'elle !

BELLE-ROSE, *lui versant à boire.*

Encore un coup.

JEAN-CLAUDE.

Loin d'elle !

BELLE-ROSE.

Les galons de sergent !

JEAN-CLAUDE.

Si fière , mais si belle !

BELLE-ROSE.

Rien ne plaît mieur à la beauté
Qu'un amant, le sabre au côté.

JEAN-CLAUDE.

C'est vrai ; je reviendrai...

BELLE-ROSE.

Sergent !

JEAN-CLAUDE.

D'elle plus digne !

BELLE-ROSE.

Mais il faut pour cela signer.

JEAN-CLAUDE.

Eh bien ! je signe !

(Il signe.)

—

ENSEMBLE.

JEAN-CLAUDE.

Au régiment
Tout est charmant... etc.

BELLE-ROSE.

Au régiment
Tout est charmant... etc.

SCÈNE X.

—

Les mêmes, Marguerite, puis La Valeur.

—

MARGUERITE, entrant.

Vous voilà seuls, messieurs ?

JEAN–CLAUDE·

Madame Marguerite !

BELLE-ROSE.

Comme vous voyez, ma charmante : en train de songer au départ. Allons, Jean-Claude, il est temps de faire vos adieux. — (La Valeur entre.)

MARGUERITE, inquiète.

Des adieux ? Lui, Jean-Claude ? Que dites-vous-là ?-c'est pour rire ?

LA VALEUR,

Le sergent il dit vrai, mon bel ange.

BELLE-ROSE.

Vous perdez le respect, grenadier La Valeur. Songez donc, sacrebleurr ! que madame détient le cœurr de votre supérieurr.

LA VALEUR.

Hé bien ! il s'est engagé, quoi ! comme qui dirait un coup de tête : c'est connu.

BELLE-ROSE.

Taisez-vous.

LA VALEUR.

Oui , mon chef.

MARGUERITE.

Mais, monsieur, m'expliquerez-vous enfin... ?

JEAN-CLAUDE se lève en chancelant.

C'est moi qui vais tout vous dire, cruelle !

MARGUERITE.

Ah ! mon Dieu ! ils l'ont fait boire !

JEAN-CLAUDE.

Vous êtes belle et riche, madame, et je ne suis qu'un pauvre valet. Vous ne pouviez croire que j'aurais l'audace de vous aimer.

MARGUERITE.

Faut-il qu'il ait bu, le malheureux !

JEAN-CLAUDE.

Ces fleurs qui, chaque matin, vous souriaient sur votre fenêtre, vous ne pouviez supposer, mon Dieu ! qu'elles venaient d'un pauvre diable comme moi. Adieu ! je pars. Dans deux ans, je reviendrai plus hardi, plus galant, avec un sabre et des moustaches. Alors, j'aurai peut-être le bonheur de vous plaire..... (Montrant Belle-Rose) comme monsieur. Pour ce qui est d'à présent, voyez-vous, c'est fini. J'ai assez souffert. Je viens de signer mon enrôlement.

LA VALEUR.

L'enfant, il dit vrai.

BELLE-ROSE.

Taisez-vous !

MARGUERITE, tristement.

C'est fort bien fait, Jean-Claude. — (Plus gaie.) Et peut-on voir ce beau parchemin ? (Elle s'avance pour prendre l'acte sur la table.)

BELLE-ROSE, saisissant l'acte.

(A part.) Ouais ! qu'en veut-elle faire ? — (Haut) Du tout, la belle, on ne touche pas.

MARGUERITE.

Monsieur le sergent !

BELLE-ROSE.

C'est sacré ; ça brûle les doigts des femmes.

MARGUERITE, suppliante.

Monsieur Belle-Rose !

BELLE-ROSE.

Je tiens l'écrit : je le garde.

MARGUERITE, câline.

Pour un baiser !

JEAN-CLAUDE.

Ah ! mon Dieu ! encore ? Elle est enragée pour le militaire.

BELLE-ROSE.

Je reste inébranlable.

JEAN-CLAUDE.

Et vous faites bien.

MARGUERITE, même jeu.

Un petit baiser, cela vous fait peur ?

JEAN-CLAUDE, la poussant.

Voulez-vous bien finir ?

LA VALEUR, avec un gros rire.

C'est diabolique, ces museaux-là.

MARGUERITE, même jeu.

Je vous en prie, monsieur Belle-Rose !

JEAN-CLAUDE, la poussant.

Non, non, sergent ! défendez-vous.

BELLE-ROSE, s'avançant pour l'embrasser.

(A Jean-Claude.) Ah ! tu m'ennuies, toi.

JEAN-CLAUDE, suppliant.

Madame Marguerite !

MARGUERITE à Belle-Rose.

Donnant, donnant.

JEAN-CLAUDE, tirant Belle-Rose.

Monsieur Belle-Rose !

BELLE-ROSE.

(A Marguerite.) Petit démon ! (Il l'embrasse en lui donnant l'acte qu'elle déchire.)

BELLE-ROSE et LA VALEUR.

De quoi ? de quoi ? (Ils veulent rassembler les morceaux; mais finissent par les jeter avec découragement.)

JEAN-CLAUDE, à Marguerite.

Que faites-vous ?

MARGUERITE.

Te voilà libre, Jean-Claude, et je compte que tu n'auras pas envie de recommencer. Depuis longtemps, ton secret m'est connu, et je n'attendais, pour te répondre, qu'une seule chose... que tu m'eusses interrogée.

JEAN-CLAUDE, inquiet encore.

Qu'entends-je ? C'est le ciel qui s'ouvre devant moi !

MARGUERITE.

Il a fallu, pour te délier la langue, le petit vin que ces messieurs t'ont fait boire. Remercie-les, Jean-Claude, et n'oublie jamais le service qu'ils viennent de te rendre.

BELLE-ROSE.

Sacrebleur ! ayons l'air de rire !

MARGUERITE.

COUPLETS.

1

De ce qu'on nomme en nous vertu
Le nom chez vous n'est pas le m'me ;
Lorsque l'on aime, il faut, vois-tu,
Dire sans crainte : Je vous aime.
Nous savons lire au fond des cœurs ;
Si vous aviez la même adresse,
Bien souvent, sous nos airs moqueurs,
Vous pourriez voir quelque tendresse.
Mon pauvre ami, si tu m'aimais,
Pourquoi ne l'avoir dit jamais ?

2

Chaque amoureux dresse un autel,
Où dans son cœur il nous isole ,
Et le timide et froid mortel
D'en bas regarde son idole.
Allons, païens, relevez-vous !
Vos dieux aiment comme vous-même :
Si vous tombez à leurs genoux,
Que ce soit pour dire : je t'aime !
Mon pauvre ami, si tu m'aimais,
Pourquoi ne l'avoir dit jamais ?

JEAN-CLAUDE , *éperdu.*

Dieu du ciel ! elle m'aime !.. A ce charmant aveu,
Je sens fuir les vapeurs qui me troublaient la tête ;
Voyez : je marche droit ; au diable l'épaulette !
Marguerite chérie ! *(Il l'embrasse.)*

BELLE-ROSE.

Elle l'aimait, morbleu !
J'aurais dû m'en douter !

4

BELLE-ROSE et LA VALEUR.

Sauvé! Merci, mon Dieu!
Allons, je ne suis   ⎫
Et mon sergent n'est ⎬ qu'une bête.

ENSEMBLE.
MARGUERITE.

Quel bonheur! quel bonheur!
Ah! je me sens renaître;
La joie enfin pénètre
Jusqu'au fond de mon cœur.
Oui, ta fidèle amie
Est à toi pour toujours;
Je te donne ma vie,
Je te donne mes jours!

JEAN-CLAUDE.

Quel bonheur! quel bonheur!
Ah! je me sens renaître;
La joie enfin pénètre
Jusqu'au fond de mon cœur.
O seul bien de ma vie,
Dieu bénit les amours,
Puisqu'aux jours d'une amie
Il enchaîne mes jours!

BELLE-ROSE et LA VALEUR.

Quel honneur! quel honneur!
En ce séjour champêtre
Le valet devient maître,
Oui-dà! maître et seigneur.
D'une femme jolie
Il obtient pour toujours

Deux biens dignes d'envie :
La dot et les amours !

—

MARGUERITE *(à Belle-Rose)*.

Reprenez ce bouquet que j'ai reçu de vous,

(A Jean-Claude.)

Pour vous apprendre à parler, beau jaloux.
Une femme fidèle
Ne doit garder chez elle
Que les présents de son époux ;.

(Désignant Jean-Claude).

Et mon époux, c'est lui, que j'aime.-

BELLE-ROSE.

(Parlé.) Grand merci ! — (Il passe le bouquet à La Valeur. La Valeur va le jeter, quand Jean-Claude s'en saisit.)

JEAN-CLAUDE.

Gardez ces fleurs, car c'est moi-même,
Oui, c'est moi, votre époux,
Qui les cueillis pour vous,
Et qui vous les offre à genoux !

——

ENSEMBLE.

MARGUERITE.

Quel bonheur ! quel bonheur ! etc.

JEAN-CLAUDE.

Quel bonheur ! quel bonheur ! etc.

LA VALEUR et BELLE-ROSE.

Quel honneur ! quel honneur ! etc.

SCÈNE XI.

—

FINAL.

Les mêmes, Paysannes et Paysans.

—

MARGUERITE

Mes chers amis, accourez tous ;
Je vous présente mon époux.

PAYSANS.

Heureux Jean-Claude !

PAYSANNES.

Heureuse Marguerite !

MARGUERITE.

A mes noces je vous invite,
Mesdames, et j'espère un jour
Aux vôtres danser à mon tour.

BELLE-ROSE.

Et nous, messieurs, plions bagage !
Adieu, village !
Maintenant, il faut marcher droit !
Vive le roi !

LA VALEUR (à l'entrée de la cave.)

Ohé ! vous autres : on va partir.

—

ENSEMBLE GÉNÉRAL.

PAYSANS.

Adieu, les belles fiancées !
Les heures d'amour sont passées.

Nous reviendrons bientôt chez vous,
  Les belles,
Pour y devenir vos époux
  Fidèles.

PAYSANNES.

Les heures d'amour sont passées.
N'oubliez pas vos fiancées ;
A présent, quand reviendrez-vous
  Chez elles,
Pour y devenir leurs époux
  Fidèles ?

JEAN-CLAUDE, MARGUERITE, BELLE-ROSE, LA VALEUR.

Adieu, les belles fiancées !
Les heures d'amour sont passées.
Ils reviendront bientôt chez vous,
  Les belles,
Pour y devenir vos époux
  Fidèles !

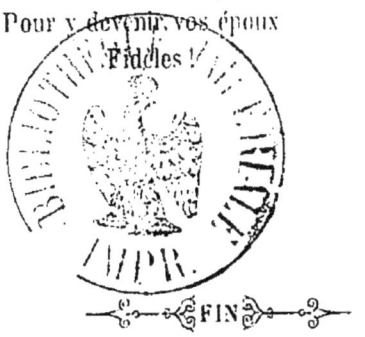

FIN

La Rochelle, typ. Th. Drouineau, rue Grosse-Horloge, 6.

www.ingramcontent.com/pod-product-compliance
Lightning Source LLC
Chambersburg PA
CBHW061649180626
46818CB00003B/1018